NOSSOS SONHOS SÃO OS MESMOS

NOSSOS SONHOS SÃO OS MESMOS

Guilherme Giugliani

Lib**r**etos

Porto Alegre, 2020

*Agradeço, por este
livro, à minha editora,
Clô Barcellos, que
desde o primeiro
momento acreditou
na história e esteve
sempre do meu lado.*

Para A., pelo começo.

Capítulo 1
DESDE AQUELE DIA

Pág. 11

Capítulo 2
SOB O TAPETE

Pág. 35

Capítulo 3
ANOITECEU EM PORTO ALEGRE

Pág. 59

Nossos sonhos são os mesmos há muito tempo
Mas não há mais muito tempo pra sonhar

Engenheiros do Hawaii, **A revolta dos dândis II**

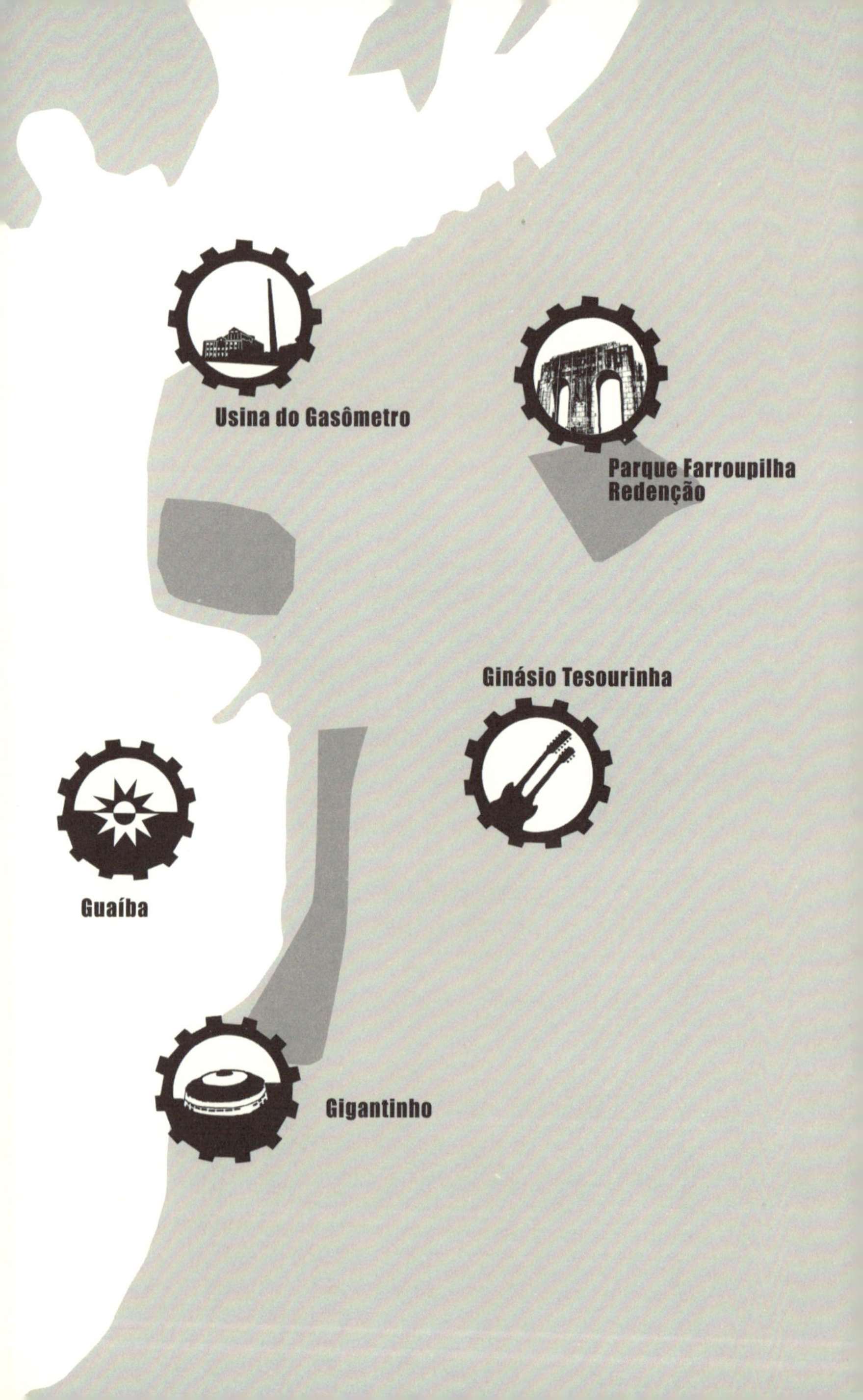

Usina do Gasômetro

Parque Farroupilha Redenção

Ginásio Tesourinha

Guaíba

Gigantinho

A Porto Alegre
de Guiga, Gegê e Laura

Jardim Botânico

Partenon

Capítulo 1

DESDE AQUELE DIA

Você me faz correr demais
Os riscos desta highway
Você me faz correr atrás
Do horizonte desta highway
Ninguém por perto, o silêncio no deserto
Deserta highway
Estamos sós e nenhum de nós
Sabe exatamente onde vai parar

Engenheiros do Hawaii, **Infinita Highway**

"Eu vou na casa dela todas as tardes", falou Gegê.

Naquele começo de março, os dois estavam de volta a Porto Alegre, ao colégio, agora no segundo ano. Os dias eram quentes e escaldantes; o litoral, os banhos de mar, o Nordestão, tudo ficara para trás. Gegê disse a frase de supetão, no pátio da escola, sentados à sombra de um ipê durante o intervalo.

"Como assim, cara?", quis saber um incrédulo Guiga.

E então Gegê contou que, há duas semanas, ele passava todos os finais de tarde de todos os dias, de segunda a sexta, na floricultura do bairro, comprava uma rosa (se o dinheiro não desse para a rosa, ele levava uma flor mais barata) e ia para a casa de Laura. Não exatamente para a casa dela. Fez questão de frisar que tomava precauções a fim de não ser visto. Postava-se do outro lado da rua, a uns cinquenta metros de distância, em uma mureta em frente a um terreno baldio. Guiga imaginou na mesma hora a cena: o amigo entrando na floricultura e pedindo (com uma voz quase inaudível), ou melhor, apontando para a flor enquanto a vendedora de cabelo colorido e estrábica – eles diziam, rindo, que ela ficara assim de tanto brincar com os olhos e depois não conseguir mais endireitá-los – pensava quem seria a eleita, e o rapaz lhe dava o dinheiro sem a olhar sequer uma vez.

"E por que tu faz isso?"

"Não sei, Guiga, me faz bem." Olhou em volta para se certificar de que não havia ninguém por perto. "Acho que têm coisas sem explicação."

"E tu vê ela todos os dias?"

"Uns dias sim, uns dias não. Fico, sei lá, duas, três horas sentado ali com a flor na mão.

Quando começa a escurecer, eu jogo a rosa no terreno baldio e vou pra casa."

Guiga pensou em um chão todo vermelho, sem uma única sobra de espaço, coberto por rosas abandonadas. Olhou bem firme para o amigo.

"Para, Gegê, diz logo pra mim que é brincadeira. Tu não tá fazendo isso, né?"

"E tu acha que eu ia brincar com um lance sério como esse?"

Seu olhar era grave e fanático até; sua voz, muito segura. Guiga não duvidou mais da veracidade da história.

"Gegê, entende uma coisa: foi só uma noite. Já passou, cara."

Ficaram em silêncio por um tempo. Gegê arrastava os pés na terra seca e dura; Guiga olhou o relógio e viu que era hora de voltar para a aula. Foram caminhando devagar em direção ao prédio.

"Tá. Mas por que tu não vai lá e entrega essa flor de uma vez pra ela? Quem sabe ela não vai gostar da surpresa?", Guiga disse mesmo ciente de que Laura não era para o bico deles.

"Pra ela ter a chance de me humilhar?", respondeu Gegê de imediato, como se aquilo fosse um roteiro de cinema e ele já tivesse decorado sua fala. "Não, melhor deixar tudo como tá."

"E até quando tu pretende seguir com isso?"

Agora houve uma breve pausa, um ligeiro instante de apreensão e expectativa.

"Ainda não sei. 'Toda a vida', como diria Florentino?"

Gegê recém lera o livro de García Márquez. À medida que ia avançando na história, relatava a Guiga, passo a passo, todas as peripécias de Florentino Ariza para conquistar o coração de Fermina Daza.

"Não brinca. Eu tô falando sério."

"E eu também."

"Cara, esquece a Laura."

Então Gegê virou-se para Guiga e disse bem alto, orgulhoso, firme, obstinado:

"Mas eu não quero esquecer."

O burburinho em volta deles, como em um passe de mágica, cessou por completo, e todos os olhos se voltaram para os dois rapazes que entravam, rápida e desajeitadamente, para a aula.

A imagem de Gegê com a flor esperando pela aparição de Laura não saiu mais da cabeça de Guiga. Depois do almoço, tentou tirar um cochilo ao som de *Ouça o que eu digo, não ouça ninguém* (o terceiro e até ali último disco de estúdio dos Engenheiros do Hawaii), ver tevê, jogar videogame e ler um pouco. Mas não houve jeito de se concentrar. Ele não se conformava com o fato de que, àquela hora, o amigo estaria sentado em um muro da rua dela e, logo depois, voltaria para casa aos suspiros se avistasse a amada ou, caso contrário, um pouco abatido, mas certamente esperançoso de que, no dia seguinte, teria mais sorte. "Que idiota", pensou.

É claro que também se lembrava de Laura, sentia falta do corpo, das pernas esculturais, e tinha saudade de tudo o que acontecera em Rainha do Mar no último verão. Masturbava-se duas, três, cinco vezes ao dia pensando nela, chamando por ela. Mas, desde o começo, conformara-se com a ideia – ou melhor, com a certeza – de que havia sido só uma noite. Assim como o primeiro show dos Engenheiros, no auditório da Arquitetura da Ufrgs, fora programado para durar uma única noite de um certo verão porto-alegrense. Algo, no entanto, saíra do controle.

Laura tinha um sobrenome alemão que começava com *s*. Na lista telefônica, havia alguns em Porto Alegre, mas Guiga foi eliminando os telefones cujos números iniciais não correspondiam ao Partenon. Sobraram poucos. Ficou surpreso com sua iniciativa, sua capacidade dedutiva, e não entendia por que não pensara naquilo antes (embora sua intuição sempre soubesse que não teria valido a pena). Na terceira tentativa conseguiu, mas ela não estava. Quem atendeu deve ter sido o pai; ao menos foi o que deduziu pela gravidade da voz e pelo nome que constava na lista. Pensou que dessa vez, sim, Gegê a veria voltar do clube ou do curso de inglês ou do Parcão. "Idiota." Mais tarde, reconheceu a voz dela no ato.

"Oi, Laura, é o Guiga."

Houve um silêncio prolongado.

"Oi. Como tu descobriu o meu número?"

"Na lista."

"Ah."

"Olha só, preciso te falar uma coisa sobre o Gegê."

"O Gegê?"

E Guiga contou onde o amigo vinha passando as últimas tardes.

"Tá, e o que tu quer que eu faça?"

"Fala com ele. Isso tem que acabar."

"Mas por que tu não fala?"

"E tu acha que eu já não tentei?" Fez uma breve pausa. "Se tu pôr um basta na história, o

Gegê cai na real e para de uma vez por todas."

Mais um longo silêncio, preenchido apenas pelo suspiro de Laura. Depois Guiga ouviu o som de uma batida de porta. A voz dela agora era aflita, apressada, sussurrante.

"Tava todo mundo bêbado, a gente tava sozinho lá na praia e aconteceu. Chega, acabou. Será que vocês não percebem isso?"

"Eu sei. É que a cabeça do Gegê funciona de outro jeito."

"Tá bom, tá bom. Eu vou falar com ele. Mas em troca tu não me procura mais. Nenhum dos dois."

Mirou o aparelho como se buscasse os olhos de Laura. Lentamente pôs de volta o telefone no ouvido.

"Mas tu não gostou?"
"Guiga, tá combinado ou não tá?"
"Sim, tá combinado."

Passaram-se alguns dias. Guiga esperava que Gegê falasse alguma coisa, que contasse o que Laura tinha dito, nem que fosse para xingá-lo, para gritar na cara dele, para condenar sua atitude covarde de agir pelas suas costas e se intrometer na vida alheia. Mas Gegê não tocava no assunto; nem mencionava mais o nome dela. E agora o amigo, ainda por cima, parecia querer esconder algo de Guiga, pois, mesmo nos intervalos, ficava na sala de aula ou se refugiava na biblioteca.

"Porra, Gegê, me conta o que aconteceu", disse finalmente na saída do colégio, segurando-o pelo braço, na tentativa de deter seu percurso até a parada do ônibus.

"O que aconteceu com o quê?", rebateu Gegê, desvencilhando-se sem conter os passos.

"A Laura falou contigo?"

Iam agora lado a lado, ligeiros e um pouco ofegantes.

"Sim, falou."

"E?"

"E nada. Tá tudo resolvido."

"Quer dizer que tu não tá mais indo lá na rua dela todos os dias?"

"Não. Não vou mais."

Na parada, ficaram um pouco afastados do grupo de alunos que também esperava o ônibus.

"Puxa, desculpa se tu ficou puto comigo por eu ter falado com a Laura. Mas eu precisava fazer alguma coisa. Aquilo não tava certo."

Guiga abria e fechava as mãos suadas, tal como fizera certa vez na praia, com a areia da praia.

"E tu é o meu melhor amigo."

Um tempo depois, já no ônibus, foi Gegê quem falou:

"Tá tudo certo. Acho que tava mesmo passando dos limites. Contigo e com ela. Foi mal." Estendeu a mão ao amigo. "Mas não vamos mais falar disso, tá bom?"

Realmente não tocaram mais no assunto, nem ali e nem depois, quando Guiga tentava ir por aquele caminho. Gegê nessas horas dava outro rumo à conversa ou então se calava. E passou a ficar cada vez mais quieto, recolhido. Só que não eram aqueles silêncios melancólicos, mornos e pacíficos em uma caminhada de fim de tarde na beira da praia. Não. Era outra coisa. Agora mais pareciam quebras abruptas, o que deixava o clima tenso, agitado, ao menos para Guiga. Porque quando olhava às vezes de esguelha para o amigo, este parecia tranquilo, calmo, imperturbável. E era no mínimo intrigante que assim fosse, já que Gegê, em outros tempos – nada distantes –, estaria chorando pelos cantos e se lamentando pela perda da amada. Ao menos por um tempo, como fizera nas outras duas ocasiões em que fora rechaçado. Como ele, Gegê, poderia ter amadurecido tanto de uma hora para a outra?

Foi o início da primeira fase. Eles ainda se falavam e saíam juntos, mas cada vez menos, e já não existia aquele clima de camaradagem, de descontração, de confiança que sempre marcara a amizade dos dois. Nas sextas à noite, por exemplo, agora era raro que eles fossem comer um xis na Barão (coisa rotineira em outra época) ou passar na Itaboraí a fim de alugar um filme na locadora. Sem contar nas tardes – cada vez mais remotas – em que iam até a Esef para dar uma caminhada e ver as calouras da Educação Física. Alguma coisa se rompera. "Mas o quê?", perguntava-se a todo instante Guiga. "Só porque eu liguei pra Laura e mandei ela resolver aquela situação absurda? Ele tinha que me agradecer, isso, sim. E se for outra coisa? Mas o quê?" E caía de novo na mesma armadilha, no círculo infinito de pensamentos, suposições, possibilidades, dúvidas. O pensamento voava depressa, implacável, sem pausa, sem trégua, sem lhe dar tempo de pensar.

Houve também uma mudança física em Gegê que Guiga de imediato percebeu. Ele começou a pentear o cabelo para o lado e foi aos poucos abandonando os óculos.

"Me dei conta que usar lente não é tão ruim assim. É só pegar o jeito", comentou certa vez com Guiga.

Além disso, não vestia mais roupas amassadas e se inscreveu na academia perto de casa. Malhava três tardes por semana. Contou também que estava tomando um remédio potente para as espinhas, o que, em pouco tempo, secou sua pele e fez com que aquele incômodo fosse um episódio do passado, esquecido no passado.

E os dias seguiram lentos, preenchidos por uma maré de calmaria, após um verão trepidante (ao menos uma noite trepidante). Fluxo e refluxo em perfeito estado de harmonia, entendimento. O outono passou sem qualquer sobressalto e, no começo do inverno, em uma tarde fria e muito luminosa, combinaram de ouvir o jogo da Seleção contra a Argentina estendidos no gramado (um enorme descampado, praticamente vazio àquela hora) que margeava o Guaíba em frente ao Gasômetro. Guiga gostava de sair às ruas em um jogo do Brasil na Copa ou então na véspera de Ano-Novo. Adorava contemplar a cidade grande a seus pés, deserta, deserta e melancólica, e sentir uma estranha alegria. Levou seu rádio de pilhas, e ficaram ouvindo a partida. Toda vez que o Ranzolin narrava um gol perdido (e foram muitos), ficavam paralisados e logo lamentavam a chance desperdiçada e punham as mãos na cabeça e xingavam até os jogadores que não estavam em campo. Ao final, o time foi derrotado por um a zero em uma jogada genial de Maradona. Mais uma Copa em branco, a terceira deles. Guiga não chegou a chorar; sentiu, no entanto, uma raiva, um nó na garganta, uma impotência sem fim. Olhou para Gegê, que permanecia sério, estampando uma tristeza arrogante e serena. Ele lembrou-se do último Mundial, das quartas de final contra a França. Viram o jogo juntos, na casa de Gegê, que, ao fim da partida, batera com a mão fechada no alto da televisão, como quando se faz a fim de tentar melhorar a imagem, só que com bastante força, quase quebrando o aparelho. E agora estava ali, deitado na grama ensolarada, triste, mas tranquilo, dizendo vez por outra:

"Acontece, acontece."

Guiga achava que já sabia tudo da vida de Gegê. Afinal de contas, conheceram-se aos onze anos de idade e, desde lá, andavam juntos para cima e para baixo, no Centro, nos parques, na praia, e muitas vezes um passava o fim de semana na casa do outro. Mas agora sentia-se como que travado, postiço, sem mais os gestos, as falas ou até mesmo os silêncios que brotavam, mansos e espontâneos, entre os dois. Gegê, definitivamente, passou a ser um enigma para ele. Marcara a conversa entre Laura e Gegê (conversa pela qual ele, Guiga, era o único responsável) como o divisor de águas da nova fase. Perguntava-se o tempo todo o que poderia ter acontecido naquele encontro. Será que Laura dissera que o outro era uma má influência, ou será que Gegê estaria achando que, ao "conspirar" desse jeito, Guiga na verdade tinha a intenção de tirá-lo de cena? Que o ciúme fez com que o visse como um inimigo? De novo o mar de ideias se agitava na cabeça de Guiga, enquanto Gegê olhava sossegado e com um leve ar de triunfo e satisfação o cais do porto, a Zona Sul, o pôr do sol. Não era a quietude de antigamente. Era outra coisa.

"Até o fim do ano os Engenheiros devem lançar um disco novo", disse Guiga para cortar o silêncio. "Vamos no show?"

"Claro."

"Te lembra lá na praia que eu falei que as coisas iam mudar?"

"Acho que sim."

"E tu não acha que a gente mudou?"

"Não, claro que não." Ergueu-se com rapidez, determinado. "Vamos nessa que o Minuano tá com tudo hoje."

Caminhavam com o rádio ligado, mas Guiga não prestava atenção nas entrevistas, nos comentários, nas análises de mais um fracasso brasileiro. Lembrou-se, isso sim, da vez em que Gegê abriu sua gaveta e mostrou a ele a montanha de cartas e versos que vinha escrevendo para Laura.

"O que eu faço com isso?"

Guiga sabia que Gegê o considerava uma espécie de rochedo no mar agitado. Sempre respeitava suas opiniões. Quando tinha algum problema, dúvida ou simplesmente algo para contar, era Guiga quem ele buscava. Portanto, seguiu as orientações recebidas:

"Tá louco? Guarda isso aí. Tu quer virar a piada do colégio?"

Será que Gegê estaria agora pensando que fora tudo uma jogada, uma grande armação a fim de deixar o terreno livre para o outro? "Pode ser tanta coisa", pensou Guiga.

"Que tal a gente fazer pinhão e ver um filme lá em casa?", sugeriu.

"Não dá, Guiga."

"Por quê?"

"Eu tenho que estudar."

"Mas não tem prova."

Gegê demorou um pouco para responder.

"É que eu já comecei a me preparar pro vestibular."

"Que viagem, cara." Elevou a voz, incrédulo. "Falta um ano e meio."

"Eu sei, mas é que eu decidi cursar Medicina ou Direito, então preciso me preparar desde agora."

"E aquele lance de fazer Letras, de ser escritor?"

"Ah, ficou pra trás", respondeu com convicção. "Me dei conta que ia acabar jogando palavras no vento, só isso. E além do mais, não dá dinheiro."

A vontade que Guiga tinha agora era de sair correndo dali, abandonar aquele ser estranho que estava a seu lado, ficar somente com as boas recordações do passado. Mesmo assim, tentou uma última cartada:

"Porra, Gegê, te abre comigo. O que tá acontecendo?"

Por alguns instantes, ouviu-se apenas o som do rádio, aquela lamúria sem fim. Guiga imaginou que dessa vez ele ia falar.

"Não tá acontecendo nada, cara."

"Ah, é? E por que esse silêncio todo? Tu parece uma múmia quando tá comigo."

"Não enche, Guiga."

"Então fala."

"Mas falar o quê? Tu já conhece a minha vida inteira." Gegê deu um longo suspiro. "Não tenho nada de novo. Tá tudo como sempre foi."

Acreditem, meus senhores. O Brasil está mudo, o Brasil neste momento chora copiosamente. Estamos fora da Copa da Itália.

Guiga não aceitou que Gegê tivesse perdido a confiança nele e foi se afastando do colega. Nas férias de julho, tinham combinado de acampar nos Aparados da Serra, mas não se ligaram e assim a viagem foi cancelada e tão logo esquecida como se a ideia jamais tivesse sequer existido. Na volta das aulas, viraram apenas conhecidos; cumprimentavam-se sem entusiasmo, quase sem vontade, mas já não trocavam meia dúzia de palavras e muito menos saíam juntos.

E assim os dias foram se arrastando para Guiga, especialmente agora que precisava preenchê-los sem a companhia daquele que fora seu amigo nos últimos cinco anos, com quem certamente havia passado mais tempo do que com a própria família. Ele tinha um calendário de parede, no qual riscava com um x o dia correspondente sempre que ia deitar. Agora, ficava até uma semana sem marcar nada, só para ter uma fugaz sensação, à medida que ia riscando os números em sequência, de que o tempo estava indo mais depressa. Lembrou-se da briga de Vargas Llosa com García Márquez. Só que, no caso deles, tratava-se de dois escritores renomados, que fatalmente se distraíam com viagens, outros amigos, palestras e novas histórias. E ele, Guiga? Jamais sentira-se tão vazio e solitário. Murmurava, cantarolava a todo momento: *"Quem diria que um dia a gente iria chegar ao fim? Quem diria que seria assim?"*.

O inverno passou, moroso e pacífico, e a primavera trouxe, finalmente, uma nova perspectiva. Em outubro, os Engenheiros lançaram seu quinto disco, *O Papa é pop*, e aquele evento reaproximou os dois. Voltaram a conversar animadamente, no intervalo, sobre as novas músicas, o visual do disco, a expectativa do anúncio do próximo show.

"Tu viu só a capa? Eles botaram um quadro do Papa de chapéu campeiro e tomando chimarrão", comentou Guiga e deu uma gargalhada.

"Mas será que é verdade aquilo?"

"Claro que é. É uma foto de quando ele veio aqui pra Porto Alegre. Não lembra?"

"Óbvio que lembro." Gegê se calou por um instante e olhou para um ponto qualquer no horizonte. "Eu tava na garupa do meu pai. Já faz dez anos isso. Quando ele gritou 'O Papa é gaúcho', a multidão veio abaixo."

"E na última música, tem umas partes que não se entende nada, mas, se tu roda o disco ao contrário, dá pra ouvir um monte de frases doidas."

E falaram das muitas peculiaridades do novo álbum, como a homenagem a Moacyr Scliar e Drummond, a música oculta que só existia em CD, a brincadeira com Lulu Santos. Guiga sentia uma felicidade genuína, como alguém que recupera o sonho esquecido da noite passada.

"E qual é a tua favorita?", quis saber Guiga.

"*Pra ser sincero*, é claro", respondeu Gegê sem titubear.

Naquele dia, Guiga regressou mais animado para casa. Afinal de contas, voltaram a conversar como velhos camaradas. No íntimo, sempre acreditara que, tal como um vento ruim, a fase mais difícil uma hora também iria passar. De fato, a fase terminara; porém, se soubesse o que estava por vir, desejaria que o vento mau da primeira mudança tivesse soprado um pouco mais.

Guiga notou o começo da segunda fase no show de lançamento de *O Papa é pop* no Gigantinho. Chegaram cedo, como sempre, e de novo ficaram na pista, próximos ao palco. Havia alguns conhecidos, mas, diferentemente do espetáculo do ano anterior, nenhum sinal de Laura. A apresentação foi excelente. O trio (apesar dos rumores de que Gessinger e Maltz já não se davam muito bem com Licks) estava cada vez mais afinado ao vivo e caminhava, a passos largos, para se consolidar como a maior banda de rock do País. Mas Guiga, toda hora que virava para o lado, via um Gegê apático, de braços cruzados, sem cantar uma música sequer e olhando fixa e seriamente para o palco. Aquele olhar tranquilo e arrogante havia sumido.

"O que que tu tem, cara?", perguntou na saída do ginásio. "Não gostou do show?"

"Claro que gostei. Eles arrasaram, pra variar."

"Tu contou quantas vezes eles voltaram?"

"Dessa vez, não."

"Quatro vezes."

"É, foi um baita show."

"Mas por que tu não cantou, não pulou?"

"Tô cansado, Guiga. Acho que é isso."

Nos dois meses que faltavam para o fim das aulas, Gegê foi se isolando cada dia mais e mais. Ficava sentado no fundo da sala, quieto, sempre com aquele olhar profundo, grave, distante. Às vezes dormia com a cabeça sobre a classe e, se algum professor o acordava, erguia os olhos vermelhos e limpava, com o dorso da mão, o fio de baba que escorria do canto da boca. Vestia-se sem qualquer cuidado, não se penteava e voltou a usar os óculos que agigantavam seus olhos agora quase sem vida. Entrava, sentava-se nas cadeiras do fundo, onde ficava o tempo todo, mudo, imóvel – não fazia qualquer tipo de anotação –, e depois da última aula se levantava e ia embora sem os outros se darem conta de que ele sequer esteve ali. Nas vezes em que o amigo fora conversar com ele, respondeu sem a menor vontade, com monossílabos, até que um dia parou de falar com quem quer que fosse.

Durante as aulas, Guiga, do outro lado da sala, anotava incontáveis vezes em seu caderno o trecho da canção do disco que não parava de ouvir nas últimas semanas: *Uma nuvem cobre o céu, uma sombra envolve o seu olhar, você olha ao seu redor e acha melhor parar de olhar*. Ele estava seguro de que Gegê só passara de ano por ter sido até aquele momento um ótimo aluno, mesmo agora marcando qualquer letra nas provas de múltipla escolha ou escrevendo frases sem sentido nas questões dissertativas (na avaliação de História ele nem apareceu). Um dia, viu seus pais saírem da sala do diretor, passos rápidos e olhar grave. Nunca soube o que acontecera lá dentro.

Mesmo distanciados, chegou a ligar uma tarde, já nas férias, para Gegê a fim de convidá-lo para passar de novo o veraneio em Xangri-lá.

"Valeu, cara, mas dessa vez vou ficar em Porto Alegre estudando", foi a resposta que ouviu.

Um dia, já perto do Natal, Guiga recebeu um telefonema. Era a mãe de Gegê.

"O que tá acontecendo com o meu filho?", foi logo dizendo. Sua voz era chorosa, tremida.

Guiga respondeu que não sabia o que se passara com o amigo e que já não se falavam há um bom tempo.

"Não esconde nada de mim, guri." Parou um instante para recuperar o fôlego. "Tu e o Gegê viviam juntos. Deve ter alguma explicação, e eu quero saber."

"Desculpa, mas eu também não sei o que houve. Foi mesmo um ano estranho."

"Ele deve ter dito algo pra ti", continuou ela. "Vamos, fala."

E seguiram conversando por mais um tempo. A mãe de Gegê contou que o filho não saía do quarto, que mal comia, que nem dirigia mais a palavra a ela. Ainda relatou, aos soluços, que em um rompante de fúria, ameaçara interná-lo.

"Internar ele numa clínica?"

"O Gegê vendeu um monte de coisas, Guiga." Ele sentia agora sua respiração apressada, ruidosa. "Vocês por acaso tão usando droga?"

Negou com veemência, mas seguiu afirmando que o comportamento do amigo mudara muito de uns tempos para cá. A mãe, por fim, disse que quando quis interná-lo, ele jurou que se mataria.

"Tô com muito medo, se tu quer saber." E depois de um longo suspiro: "Por favor, ajuda o meu filho. Eu não sei mais o que fazer."

Naquela mesma tarde, Guiga foi à casa de Gegê. Depois de muita insistência, ele abriu a porta do quarto. Sentiu na mesma hora o ar parado, denso, quase palpável.

"Não acende a luz", pediu Gegê, e voltou para a cama.

Quando os olhos de Guiga se acostumaram com a penumbra do quarto, reparou que realmente tinham sumido a televisão, o aparelho de som que o pai trouxera dos Estados Unidos, o videogame, o amplificador. Gegê ligou a luz de cabeceira e começou a escrever freneticamente em um caderno, olhos vidrados na folha, como se não houvesse mais ninguém ali. Ele emagrecera; tufos de barba despontavam em seu rosto. E pesado, forte, duro como um soco, Guiga percebeu que o tempo passara voando e fizera estragos, pois há menos de um ano estavam quebrando as ondas e sentindo a brisa fresca de um final de tarde na praia. "Nunca mais", pensou. Então viu na parede algo pichado, torto, escorrido, mas ainda assim bem nítido:

Eu só queria saber
o que você foi fazer no meu caminho
Eu não consigo entender
Eu não consigo mais viver sozinho

"*Desde aquele dia?*"

"Sim", respondeu Gegê. Levantou-se e, sem deixar de olhar para a parede, tirou o outro do caminho como quem afasta uma cortina: "*A revolta dos dândis.*"

Guiga passou de novo os olhos pelo quarto, o pensamento correndo mais do que a vista.

"Onde tá tudo?"

Então Gegê virou-se para o amigo e o encarou pela primeira vez em meses.

"Os livros, as músicas, ela. Tá tudo aqui", apontando para a própria cabeça. "Tá tudo aqui."

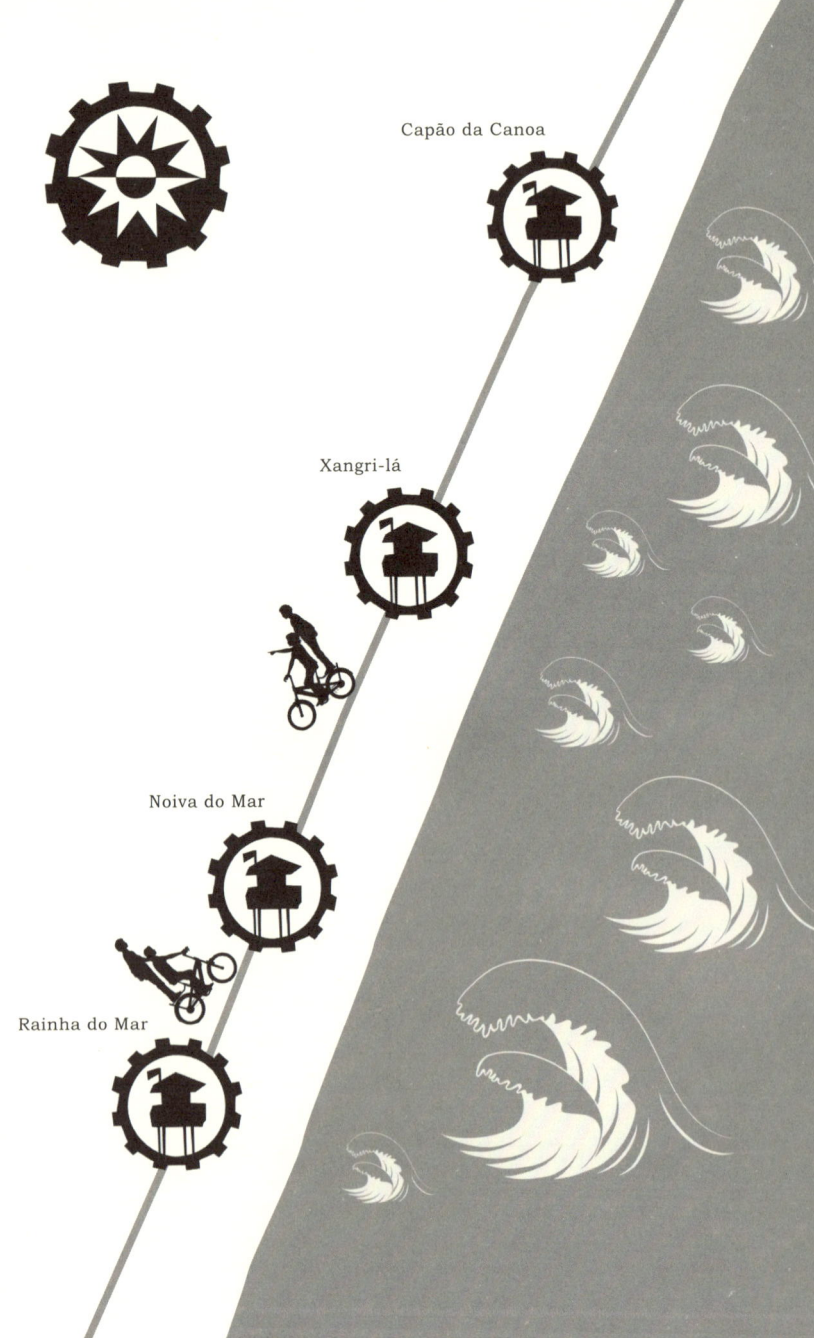

Capítulo 2

SOB O TAPETE

Pra entender basta um tapa num cigarro
Uma olhada no mapa do Brasil
Uma caminhada por qualquer caminho
Um carinho qualquer
Basta ver o que não se enxerga
E só se enxerga nos olhos de uma mulher
Basta olhar pro que acontece
Esteja onde estiver

Engenheiros do Hawaii, **Pra entender**

Era para ser apenas mais um dos shows dos Engenheiros do Hawaii, o terceiro que eles iam, um pequeno hiato de vozes e calor no meio da igualdade dos dias – iguais e mornos –, da vida daqueles adolescentes. Faltavam alguns minutos para a banda entrar no palco; as luzes do Ginásio Tesourinha permaneciam acesas. Guiga e Gegê circulavam pela pista quando viram Laura. Ela deixara o colégio no meio do ano, pois estava tirando péssimas notas e tinha medo de rodar. Era dezembro agora, e eles nunca mais a haviam encontrado desde sua saída em julho.

Laura era o símbolo, a musa dos dois, especialmente de Gegê, muito mais sentimental do que o amigo. Ela tinha cabelos lisos e castanhos que iam até o meio das costas e usava franja. Nos olhos amendoados, um misto de verde com marrom. A boca era enorme, com belos dentes. Além do mais, conseguia equilibrar, cheia de graça, as pernas longas e finas, e jogava os ombros para trás, o que a deixava sempre com um ar de quem estivesse em permanente desfile. Só ficava com rapazes mais velhos, e a maioria das garotas morria de inveja dela. Laura reparou neles o tempo suficiente para reconhecê-los; porém, não sorriu nem olhou uma segunda vez.

"Esquece ela, vamos pra lá", disse Guiga, batendo no braço de Gegê.

Eles gostavam de ficar na pista, embora um pouco para trás. Apesar de serem fãs dos Engenheiros, tinham plena consciência do ridículo de assistir ao show colado na grade, junto a um monte de garotas histéricas. Já estavam em seu quarto disco, e Guiga e Gegê sabiam todas, absolutamente todas as letras de cor. Ouviam as músicas em qualquer lugar: no toca-fitas do carro a caminho do colégio, em casa, no walkman. Ainda ficaram buscando por um tempo Laura e seu círculo de amigos, mas quando apagaram-se as luzes e o show começou, não tiraram mais os olhos do palco. Lá estavam Gessinger, o líder da turma, cabelos no rosto e aquelas letras líricas e críticas, os jogos de palavras, as citações literárias; Licks com seu talento e os incríveis solos de guitarra; e Maltz – talvez o grande idealizador dos Engenheiros do Hawaii – na bateria. Cada pulsar do instrumento era a batida do coração da banda. Há cerca de um ano, haviam se mudado para o Rio de Janeiro e agora que voltavam à terra natal parece que vinham com a energia redobrada, como uma maneira de compensar pela "traição" ao Rio Grande, a Porto Alegre, aos gaúchos. Os dois ainda ficaram, no início do show, atentos à voz de Humberto, só para comprovar, com satisfação, que ele não tinha perdido o sotaque.

Depois do show, já do lado de fora do ginásio, esperando pelo pai de Guiga e ainda excitados pela apresentação, falando alto, atropelando as palavras (Guiga dizia que a banda tinha voltado cinco vezes ao palco; Gegê afirmava que tinham sido seis), eles se viraram juntos ao ouvir a voz de Laura:

"Oi. Vocês vão embora como?"
"De carona com o meu pai."
"Ah. E onde vocês moram?"
"No Jardim Botânico."

"É que os meus amigos vão todos pra Zona Sul. Eu moro ali no Partenon. Podem me dar uma carona?"

E foi assim que Laura terminou a noite no banco do Monza do pai de Guiga, ao lado de Gegê, que estava duro como uma pedra, olhando o tempo inteiro para a nuca do amigo sentado à sua frente, tentando conter a tremedeira, a respiração apressada, a ereção. Pôs as mãos suadas sobre a bermuda. Ela contou, no caminho todo da Bento Gonçalves, do quanto tinha acertado ao sair do colégio.

"O pessoal de lá é muito careta. A vida não é só estudar."

Para eles, a escola não era tão difícil assim. Desde que fizessem todos os trabalhos, nem precisavam ir muito bem nas provas. Mas Laura não era o tipo de garota que sentava para fazer trabalho, passar o caderno a limpo, revisar a matéria antes dos exames. Ao invés disso, tomava mate todos os dias com as amigas no Parcão e saía com seus ficantes (de preferência os que tivessem carro e já na faculdade). Gegê não abriu a boca durante o trajeto inteiro, com receio de que Laura percebesse o tremor em sua voz. Guiga ainda falou um pouco com ela e, só para sacanear o amigo, ficava cantarolando *Segurança*, que estourara há dois anos em uma telenovela: "*E o que mais me emociona é que tudo nasceu, numa carona que ele te deu; e o que mais me impressiona é que tudo se deu, no banco traseiro dum Alfa Romeo".*

Laura entrou no prédio sempre com aquele andar de modelo. Guiga e seu pai não puderam deixar de rir ao verem Gegê fungando o ar com sofreguidão.

"Não tão sentindo o perfume?", ele perguntou. "É de baunilha."

Depois das últimas provas e das festas de fim de ano, os dois foram para Xangri-lá, onde Guiga tinha uma casa de veraneio. Ficariam até março no litoral, quando teriam que retomar a rotina de estudos em Porto Alegre. Os pais de Guiga só apareciam nos finais de semana; portanto, eles estavam o resto do tempo sozinhos e preenchiam seus dias com banhos de mar, passeios em Capão e, principalmente, longas caminhadas pela orla marítima. Às vezes ventava demais, em outras ocasiões eram surpreendidos pela chuva em algum balneário longe de casa e se deixavam ficar, andando calados, sentindo a roupa encharcada, observando o mar revolto, sem poder precisar a caída da noite. Mas também havia tempos de trégua, tardes amenas para caminhar na areia dura, longos e vagarosos crepúsculos de verão, as horas parecendo um encadeamento de ondas mansas. Sentiam então o dia se mover arrastado, como só se percebe na primeira juventude, quando os anos à frente não têm a menor importância, porque parecem que jamais vão chegar.

Nenhum dos dois fazia sucesso com as garotas, mas ao menos Guiga já deixara de ser virgem. A primeira vez fora em um cabaré da Cidade Baixa, levado certa vez pelo irmão mais velho. E a outra, com uma aluna da oitava série. Além disso, alguns beijos (roubados ou não) no Parque Marinha, no cinema, em uma reunião dançante. Guiga era alto para sua idade, porém o corpo raquítico e branquelo dava-lhe um aspecto doentio. Gegê, por sua vez, conseguia causar ainda menos empatia que o amigo. Tinha o cabelo escuro repartido ao meio e usava uns óculos que deixavam seus pequeninos olhos esbugalhados. Guiga já lhe dissera para usar lentes, mas ele não fazia muito caso e seguia com seu modelo "fundo de garrafa". Além disso, sua pele oleosa era um prato cheio para as espinhas pipocarem em seu rosto. Gegê beijara somente duas garotas na vida. A primeira, que morava na mesma rua, repeliu-o após ele, no dia seguinte, entregar-lhe uma carta de amor de dez páginas com um buquê de rosas vermelhas. A outra foi em uma festinha e, depois de algumas vigílias na saída da escola dela e dois pedidos de namoro, recebeu uma terrível reprimenda do pai da menina.

Eles caminhavam pela beira da praia. Saíram cedo de casa. A ideia era chegar em Imbé e depois voltar. Gostavam de matar o tempo com esse tipo de programa. De vez em quando, paravam para dar um mergulho e seguiam andando. Um dia, queriam botar uma mochila nas costas e descer até Quintão (acampariam ao longo do caminho). Estavam em Noiva do Mar quando decidiram fazer uma pausa e sentar um pouco na areia. Foi Guiga quem começou a conversa.

"Cara, tu precisa perder o cabaço."

Ficaram calados por um tempo.

"No ano passado eu fui num puteiro ali na Venâncio", contou Guiga. "É bem limpinho, e o preço é honesto. Garanto que são uns cruzados bem investidos."

"Não tô interessado", respondeu Gegê secamente.

"Por que não? Tá te guardando pra *deusa coroada*, que nem no livro que tu me contou?"

Diante do silêncio do amigo, Guiga seguiu argumentando:

"É só uma transa. Tanto faz que seja a primeira ou não."

Gegê suspirou antes de responder, sempre mirando o mar.

"Eu quero que seja especial. Quero que a pele dela seja tão suave que eu estremeça só pousando a mão."

E acariciou com delicadeza o ar.

"Porra, Gegê."

"O que foi?"

"Tu é um poeta."

"Ah, não enche o saco, Guiga."

"Quando tu ver a Paulinha, vai tremer de emoção, ah, vai. E ficar de pau duro na hora."

"Larga do meu pé, tá bom?"

"E tu nem sabe da maior: lá tem até jukebox. Tu bota uma música, tipo *Refrão de bolero*, e dança agarradinho com a gata. Depois lá no quarto ela ensina uns truques pra ti." Parou de falar enquanto passava um casal na frente deles. "Além do mais, a Paulinha vai mostrar o caminho. Então, quando a tal da deusa aparecer, tu já vai saber tudo."

Gegê deitou na areia e pôs os braços sobre o rosto. O sol castigava. Guiga começou a assobiar, como um canário, *Refrão de bolero*.

"Isso que eu nem contei a melhor parte",

insistiu depois, cada vez mais empolgado. "A Paulinha é ruiva. Me diz, quantas putas ruivas tu conhece? E com sardinha."

"Eu já disse que não quero, tá?", e se endireitou outra vez.

"Vai te foder, então."

Guiga começou a amassar areia nas mãos, como se fosse uma esponja. Como Gegê podia ser seu melhor amigo se era tão meloso e covarde? Se não dizia um palavrão sequer? Após um tempo, falou:

"Tudo bem, se quiser ficar batendo punheta a vida toda, é contigo." Ele se ergueu e olhou firme para o companheiro. "Mas se essa guria for a Laura, tu sabe que nunca vai acontecer."

Guiga de repente apontou para o braço de Gegê.

"Não te mexe. Tem uma joaninha aí." Aproximou-se e disse: "Uma vez eu li que, se tu fizer um pedido antes dela voar, ele se realiza."

"Onde tu leu essa besteira?"

"Sei lá, em algum lugar."

Se o pedido foi feito ou não, o certo é que Gegê ficou sentado por mais alguns segundos, quieto, olhando fixamente para a joaninha antes de ela alçar voo. Depois os dois seguiram para o sul.

"Esses dias eu li que a oxitocina é o hormônio do amor", disse Gegê.

"Sim, e daí?"

"Daí que eu fiquei pensando: um dia eu poderia virar um grande cientista e descobrir um jeito de passar, pelo olhar ou pelo toque, uma parte dela pra outra pessoa." Falava agora com animação, com segurança na voz. "Imagina só, eu faria a Laura se apaixonar por mim rapidinho."

"Tu nem vai ser cientista, pra começo de conversa."

"Deixa de ser estraga-prazeres, Guiga."

"E tu deixa de bancar o trouxa." Deu um leve empurrão no ombro do amigo. "Cresce logo de uma vez."

Seguiram por mais um tempo calados. Gegê e Guiga já tinham conversado bastante sobre o futuro, pois a carreira profissional era algo que preocupava ambos. Gegê sonhava em fazer Letras e virar escritor. Queria publicar grandes romances. Já Guiga, apesar de também nutrir um certo fascínio pela literatura (bem menor que o do amigo, que lia de tudo, desde os clássicos até as gigantescas porcarias), pensava em algo mais prático e realista como Administração, Economia ou Direito. Mas dizia o tempo todo a ele, entre sincero e zombeteiro, que iria editar seus livros. Guiga gostava das primeiras narrativas de Vargas Llosa, de alguma coisa de Steinbeck, de Fante, ao passo que Gegê preferia as histórias de amor de García Márquez e Scott Fitzgerald. Só o que unia os dois era a paixão incondicional pelos Engenheiros do Hawaii. Podiam divergir na escolha da música – Gegê sempre preferia as mais românticas –, mas no fundo se orgulhavam daqueles estudantes de Arquitetura da Ufrgs, que andavam como eles pelo Bom Fim, que tomavam tragos na Esquina Maldita, que podiam ser vistos em um fim de tarde caminhando na Borges ou no Gasômetro e que agora já tinham gravado quatro discos e conquistado o Brasil. Mesmo em Porto Alegre, mesmo *longe demais das capitais*.

Eles chegaram a Rainha do Mar. O suor escorria como lágrimas. Pararam para dar um mergulho e comer o lanche que tinham trazido na mochila. Se Gegê fez algum pedido quando a joaninha estava pousada em seu braço e, se sim, o que pediu, não há como saber. O fato concreto, no entanto, era que ela estava agora ali, a poucos metros dos dois, molhando os pés na água. Guiga e Gegê se viraram um para o outro ao mesmo tempo e não puderam conter um sorriso de incredulidade e excitação. Enquanto decidiam o que fazer dali para a frente, Laura os viu e dessa vez veio falar com eles:

"Oi. Vocês veraneiam aqui também?"

"Não, em Xangri-lá", respondeu Guiga, mas sem contar o motivo de estarem ali, a quase oito quilômetros de distância de casa (Gegê respirou aliviado, pois talvez pensasse que ela fosse achar aquilo de ficar caminhando pela beira da praia um programa de idiotas).

"Ah, certo. E aí, gostaram do show?"

Houve um breve silêncio, um daqueles momentos em que, por mais óbvia e banal que seja a pergunta, a mente teima em se desconectar de todo e qualquer senso de realidade.

"Sim, sim. É a nossa banda favorita."

Gegê não falava nada. Não a encarara uma única vez: mal erguia a vista até a linha do horizonte (depois, em casa, Guiga diria que seus olhos verdes, ou marrons, estavam mais lindos do que nunca na claridade do sol). Como na outra ocasião, no banco traseiro do carro do pai de Guiga, sentiu o mesmo tremor, o peito arfando como se tivesse corrido uma maratona. O coração batia tão forte que chegava a doer.

"Eu vou passar todo o mês aqui", continuou Laura. "Ninguém merece ficar em Porto Alegre no verão."

Ainda disse que sua melhor amiga só viria na segunda que vem, já que estava de férias com a família em Santa Catarina. Quanto aos pais, assim como na casa de Guiga, só apareciam nos fins de semana. Convidou-os a sentar um pouco com ela. Ofereceu chimarrão, e Gegê sorveu a água com força, passando a língua pela bomba, quando Laura não estava olhando, arrepiando-se só de pensar que os lábios dela também a tocaram.

"Vocês não querem aparecer mais tarde? Eu trouxe o vídeo e peguei umas fitas na locadora, mas já estou enjoada de ficar vendo filme."

Guiga e Gegê se olharam, dessa vez sem sorrirem.

"Pode ser. Que horas?", quis saber Guiga.

"Umas nove tá bom." Pegou sua canga, sacudiu-a ao vento e pediu para eles ajudarem a desmontar o guarda-sol. "Ah, e tragam uma coisa pra gente beber, certo?"

Mesmo faltando algumas horas para as nove, os dois voltavam em um ritmo acelerado pela beira da praia. Iam calados, cada qual absorvia o impacto daquela aparição de seu jeito.

"A gente sai de casa perto das nove. Um atrasinho sempre deixa elas mais ansiosas e excitadas", disse Guiga e riu de nervoso. "Vamos comprar as coisas agora pra deixar tudo pronto pra noite."

Gegê, por sua vez, não conseguia projetar nada, apenas olhava a todo instante para o céu e agradecia por aquele golpe certeiro do destino. Lembrou-se das aulas de matemática: quais eram as chances de encontrar Laura em uma caminhada entre Xangri-lá e Imbé? Não saberia dizer e, mesmo que soubesse, não importava. Tinha certeza de que, o que quer que viesse dali para a frente, já seria um verão diferente, singular, histórico.

No mercado, pegaram duas caninhas vagabundas (que era até onde o dinheiro alcançava) e, na farmácia, um pacote de camisinha. Em casa, comeram um resto de massa que estava na geladeira e depois, cada um em seu quarto, masturbaram-se a fim de tentar conter a tensão. Baralho, livros, tevê: nada parecia funcionar. A tarde lenta e arrastada jamais tinha fim. E aquela espécie de morte diária que todo entardecer traz consigo, naquele dia foi certamente a mais penosa de toda a vida deles. "*Que a noite traga alívio imediato*", cantavam, suplicavam.

"Tenta não falar muita merda, Gegê." Os dois estavam sentados na frente da casa, de banho tomado, esperando a hora de sair. "Isso se tu conseguir falar, né?"

"Mas tu é muito chato mesmo."

"Cara, eu vou embebedar essa guria." Esfregou as mãos uma na outra. "Hoje a gente vai pra galera."

No toca-fitas, escutavam *A revolta dos dândis*, o segundo disco dos Engenheiros e o preferido deles, já que era o começo do trio Gessinger, Licks e Maltz. Gegê, inclusive, tinha um cão chamado Augusto, em homenagem ao guitarrista da banda.

"Eles não gravaram um disco só de inéditas nesse ano que passou", disse.

"Calma que logo, logo vai sair. Virou o ano, virou a década, tudo vai mudar." Guiga encarou o amigo. "Começando por hoje."

"Tomara que tu esteja certo", suspirou, agora pensando nela.

Laura era daquelas garotas que exerciam uma atração irresistível na maioria dos rapazes. Podia ser bonito ou feio, expansivo ou mais quieto, a verdade é que quase todos acabavam, em algum momento, fisgados por ela, seja pelo sorriso, os olhos verde-amarronzados (ou marrom-esverdeados?), o cabelo, o andar seguro e elegante. Era comum alguém ser surpreendido no corredor do colégio, parado, submisso, a boca escancarada como um idiota, observando-a passar. Guiga não demonstrava para os outros colegas, mas já tinha conversado muitas vezes com Gegê sobre Laura, sobre o fascínio que ela lhe transmitia. Em público, no entanto, fazia-se de forte, dizendo que ele não dava bola para mulher esnobe. Gegê, contudo, não procurava esconder seus sentimentos. Para ele, Laura era a musa, a grande musa, admirada, idolatrada, desejada e, até aquele dia, um amor impossível. Bastava vê-la para sentir um calor na nuca, uma dor no estômago, arrepios, o peito obstruído e uma espécie de descarga elétrica pelo braço todo. Desde a primeira vez, sentiu-se atraído, envolto em uma forma de encantamento tal qual uma criança diante da proximidade da água. Claro que as duas meninas que ele beijara foram chamas fortes, importantes para seu intenso coração. Mas, a partir do momento em que foi rejeitado, chorou, sofreu e seguiu adiante. Laura, no entanto, era diferente. Era uma febre que jamais sarava; no máximo, dava umas arrefecidas, pequenas tréguas. Será que, se um dia se declarasse, se tivesse coragem de entregar aquela pilha de cartas – com uma caligrafia tão cuidadosa que parecia terem sido escritas por uma mulher – guardadas, por ordem cronológica, na gaveta da escrivaninha, e fosse definitiva e inapelavelmente descartado, riscado do mapa, também conseguiria, como nos dois casos anteriores, fazer o luto e depois olhar para a frente? Gostaria que a resposta fosse sim, mas no fundo receava que não. Um dia, cruzaram-se de surpresa na porta da aula, e pareceu a Gegê que ela lhe dera um leve, um quase imperceptível sorriso. Foi o suficiente para alimentar novamente sua febre, agitar o sangue e os sentidos, recrudescer aquela louca paixão. Por semanas e, por que não, meses, pensou no meio-sorriso de Laura, masturbou-se um sem-número de vezes lembrando daquela cena trivial, corriqueira. Depois que ela saiu do colégio, até conseguiu se distrair com outras beldades, elevá-las também à condição de musa (não, é claro, no mesmo pedestal). A lembrança, a imagem de Laura, no entanto, invadia-lhe vez por outra a mente, em especial quando estava no quarto, sozinho, deitado na cama, ouvindo *Longe demais das capitais*, *Refrão de bolero* ou *Somos quem podemos ser*. Sonhava em fazer acordes de violino dessas canções só para tocar para ela quando chegasse o momento. Nessas horas, seria capaz de, assim como no livro que estava lendo, esperar por mais de cinquenta anos, meio século de uma vida triste e banal, em troca da capitulação de Laura no último ato, no instante anterior ao apagar das luzes. Mas depois se lembrava de que era tudo mentira, de que Florentino Ariza só existia na cabeça de García Márquez, de que queria, sim, Laura para toda a vida, só que desde aquele instante, para poder amar também seu corpo liso e jovem.

Quando a noite começou a ganhar contornos mais definidos, partiram para a casa de Laura. Foram em uma só bicicleta, já que a outra rebentara a correia em um dos passeios a Capão. Iam pela Paraguassu, Guiga pedalava enquanto Gegê tentava se equilibrar, os pés apoiados na carona, as mãos nos ombros do amigo. O vento soprava forte, então eles foram devagar, cantando – e berrando – *Nada a ver*: "*Nada a ver, nada a perder, nada a fazer; oh, nada, não!*"

Atravessaram o gramado em frente à casa de Laura e espiaram pelo vidro de onde vinha o brilho azulado da televisão. Ela estava sentada no sofá, cabelo molhado, blusa branca, um shortinho jeans que deixava à mostra suas pernas longas, perfeitas e bronzeadas.

"Oi. Entrem. Estava aqui vendo a novela."

Mesmo com a imagem tremida, com pequenos chuviscos, via-se uma Betty Faria radiante no papel de Tieta, enlouquecendo os homens de Santana do Agreste.

"A gente trouxe uma cachaça pra fazer caipirinha. Tu tem limão e açúcar?", perguntou Guiga.

Prepararam a bebida e ficaram sentados, os dois no sofá e ela na poltrona, vendo o final da novela. De vez em quando falavam uma ou outra coisa. Gegê, sempre paralisado diante de Laura, respondia com monossílabos. E baixava os olhos antes de olhar para ela. Nessas horas, sentia-se excitado diante da presença de sua amada, mas também era invadido por uma enorme frustração. Jamais conseguiria conquistá-la com tamanho acanhamento, mesmo com toda a oxitocina do mundo.

Depois de um tempo, jogaram cartas e fizeram outra caipirinha. Laura e Guiga fumavam (Gegê recusou, pois morria de medo de ter um acesso de tosse na frente dela). A bebida começava a fazer efeito nos três. Todos voltaram ao sofá e puseram um filme dos muitos que havia ali. Enquanto os outros dois falavam com animação, Gegê permaneceu imóvel em seu canto.

Só a televisão iluminava a sala, e ele tinha que fechar os olhos a fim de controlar a tontura. A cabeça latejava, pulsava em um ritmo frenético, como o coração de um passarinho assustado na mão de um garoto. De repente, notou que a conversa cessara a seu lado. Virou-se e viu Laura e Guiga aos beijos. Sentiu sua espinha gelar. Foi ao banheiro, lavou o rosto, depois manteve a cabeça na pia, deixando a água fria escorrer por um longo tempo nos cabelos, na nuca. Quando estava um pouco melhor, voltou para a sala. Os dois, porém, tinham sumido. Desligou a tevê e se sentou, agora como que anestesiado. Um barulho, porém, persistia em seus ouvidos, cortando o silêncio de uma noite pacífica. Parecia que entrara em um túnel. Ao fechar os olhos, veio-lhe em profusão uma série de imagens, como em um filme, correndo, retrocedendo e, assim como em um filme, ele tinha a sensação de olhar tudo de fora, apenas observar corpos e vozes e gritos e beijos. *"Eu me sinto um estrangeiro, passageiro de algum trem, que não passa por aqui, que não passa de ilusão"*, sussurrou antes de cair no sono.

"Ei, Gegê, acorda." Guiga sacudiu seu ombro com força. "Acorda, cara. Tá todo babado."

E ria alto, como se fosse a coisa mais engraçada do mundo. Guiga pegou o rosto de Gegê e o trouxe para bem perto.

"Tem um presente pra ti lá no quarto."

Gegê sentiu seu hálito de cachaça e cigarro. Guiga o ajudou a levantar.

"Vai logo que a sorte não bate duas vezes na porta." Aproximou-se do amigo e sussurrou em seu ouvido: "Capricha, Florentino."

Voltavam para casa pela Paraguassu. Quase não havia vento na madrugada quieta, serena e estrelada. Cantavam a plenos pulmões, bêbados e eufóricos: *"O que seria de nós?, se não fosse a ilusão, a doce ilusão de conseguir?"* Guiga não era capaz de pedalar em linha reta. Ziguezagueava na avenida (a sorte é que pouquíssimos carros circulavam naquele horário). Os dois não podiam parar de rir. E não o fizeram nem mesmo quando Guiga perdeu o controle da bicicleta e eles foram para o chão. Nas duas vezes, ao menos, caíram na grama que margeava a rua e, com isso, amorteceram de certa forma o impacto.

"Cara, tu notou que o cabelo dela tinha cheiro de amêndoa?", falou Gegê quando os dois já estavam indo dormir.

"Primeiro foi aquele lance da baunilha, agora é a amêndoa." Olhou sério para o amigo.

"Porra, Gegê, que viadagem é essa?"

"Vai te ralar, Guiga. Tu que não entende nada de mulher."

Encararam-se, primeiro sérios, e depois gargalharam com força e vontade.

Foi só no dia seguinte que notaram os arranhões pelos braços e pernas em virtude das quedas. Sentiam-se doloridos, exaustos, mas realizados.

"Gegê, minha cabeça vai explodir."

"E depois sou eu o viadinho, né?"

Guiga riu, mas logo gemeu de dor.

"Espera eu melhorar que tu vai ver só."

Então disseram praticamente ao mesmo tempo: "Sonhei com ela."

Houve um instante de silêncio, um silêncio carregado de surpresa, admiração e curiosidade. O que poderia significar aquilo de os dois sonharem o mesmo sonho ou, se não o mesmo, ao menos com Laura em ambos os casos no centro da trama?

"E como foi?", adiantou-se Gegê.

"Ela vinha toda molhada do mar, e depois a gente transava ali na areia mesmo." Guiga foi elevando a voz, cada vez mais entusiasmado. "Cara, que coisa louca, dava pra sentir até os pedacinhos de areia na boca quando eu beijava o corpo dela. E eu lambia aquelas pernas maravilhosas, e ela gritava 'Guiga, Guiga, Guiga'. Foi demais."

Gegê, enquanto isso, fechou seus pequeninos olhos, na tentativa de recordar o sonho.

"Tá, e o teu, como foi?", quis saber o outro.

"Não sei direito. Só lembro que acordei chorando."

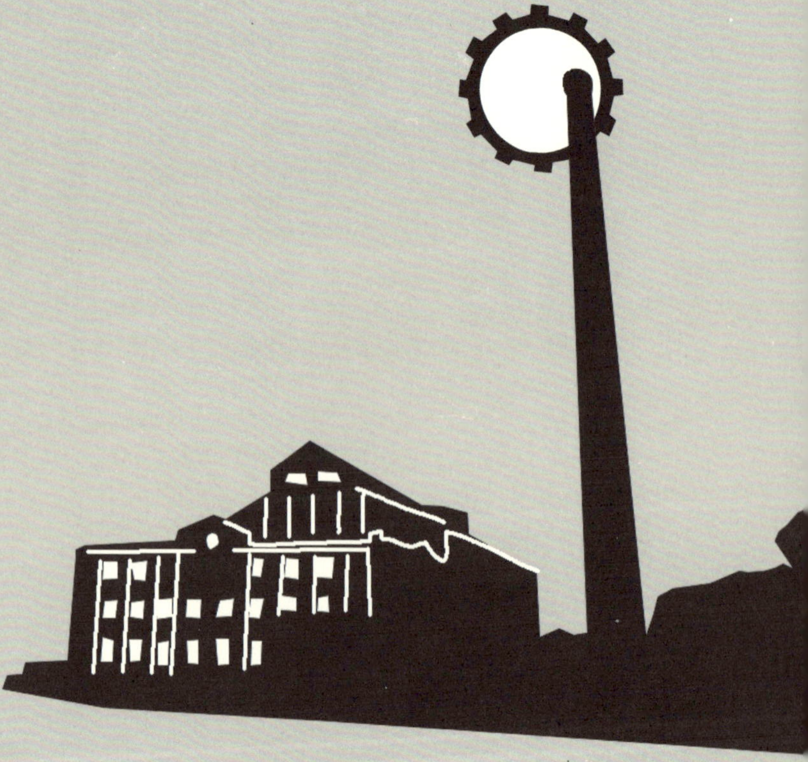

Capítulo 3

ANOITECEU EM PORTO ALEGRE

Agora já é tarde
já não tem mais jeito
já não tem saída
No fim das contas
a gente faz de conta
que isso faz parte da vida

Agora já é noite
já não faz sentido
ficar se iludindo
No fim das contas
a gente faz de conta
que o mundo não tá caindo

Engenheiros do Hawaii, **Todo mundo é uma ilha**

Laura vem em sua direção pela Osvaldo Aranha. Guiga a reconhece pelo andar. Ela cortou o cabelo na altura do ombro; está de casaco, cachecol e uma boina branca. Para ao lado dele, que não se levanta, não diz uma palavra, não estende a mão. Apenas se olham; depois, Laura senta. Ficam ainda alguns instantes mudos, até que ela fala:

"Eu ia acabar tudo ali. Eu juro que ia."

"E por que não fez, então? O que foi que aconteceu?"

Estão sentados em um banco, de frente para a Rua José Bonifácio. Guiga lembra-se de que foi certa vez, no Brique da Redenção, que ele e Gegê compraram um pôster dos Engenheiros.

"Fala, Laura", insiste.

"Eu simplesmente não consegui." Ela dá um suspiro e logo tira a boina. "Nunca tinha visto tanto amor nos olhos de alguém."

Você pode dizer que eu fui um fraco, que me vendi pra Laura, que cedi como um trouxa apaixonado às exigências dela. Mas agora eu te pergunto, Guiga: quem não faria a mesma coisa no meu lugar? Vamos ser realistas (às vezes, por incrível que pareça, eu posso ser), eu jamais conseguiria alguém como a Laura. Porque as palavras até podem ajudar, mas depois é preciso mais. Estou falando de beleza, atitude, confiança, autoestima, tudo isso.

Guiga está cada vez mais encolhido no banco, pois não trouxe casaco e, à medida que a tarde avança – uma tarde cinzenta de maio –, o frio chega com força. Repara que Laura, ao tirar a boina, já não usa franja. Parece mais velha; está mais velha.

"E aquilo foi um prato cheio pra ti", diz ele.

Guiga tem um pedaço de galho na mão. Inclina-se um pouco e começa a riscar o chão de terra; tudo para não ter que olhar para ela.

"Por um tempo foi bom. Cada um tinha o que queria."

"Mas tu não parece ser alguém que precisa de grana."

"É claro que não era só isso."

"O que era então?"

"Sabe aquela sensação de ter poder sobre alguém?" Pela voz, sente que Laura está agora olhando para ele. "De saber que ele está literalmente aos teus pés?"

"Tá, mas por que justo com o Gegê?"

"Porque eu tinha certeza que ele faria qualquer coisa por mim."

Recorda agora a terceira fase, e só recorda porque o amigo a descreveu na carta (nessa época, Guiga estava em Xangri-lá, tentando preencher o tempo, a vida, com caminhadas, músicas, leituras e banhos de mar). O último alento de Gegê antes da tragédia, para a tragédia.

Depois que eu praticamente não saía mais do quarto, os meus pais começaram a pegar pesado e disseram que iam mesmo me internar. Me obrigaram a ficar com a porta sempre destrancada para poderem entrar quando bem entendessem. Uma vez a minha mãe abriu justo na hora em que eu batia uma punheta. A sorte foi que eu estava deitado e com um lençol por cima. Ela não queria nem saber: entrava feito um furacão com uma bandeja de comida e então revirava tudo. Pobre mãe, estava buscando uma prova pra me internar e não sabia que a minha droga, a minha única droga, era a Laura. Eu dava umas colheradas na frente da minha mãe e depois jogava o resto na patente. Não sei, perdi a vontade, o interesse por tudo, menos pela Laura. E o pior era que tinha bem mais tempo agora, porque dormia muito pouco. Aí, com aquela ameaça cada vez mais concreta, eu busquei forças não sei onde e fiz uma mudança radical. Parece que os depressivos podem alterar às vezes de humor. Então eu comecei a sair mais do quarto, a comer com eles, a dar uma volta com a minha mãe de vez em quando. Conversava, parecia me interessar pelas coisas e até sorria. Claro que era tudo parte de um plano.

"E o que tu fez com o dinheiro?"
"Não é da tua conta."
Guiga, na verdade, só queria ver se ela ia abrir o jogo, pois ele já tinha averiguado que Laura andara ao menos duas vezes no Rio nos últimos meses. Orgulhou-se de seus dotes detetivescos e adquiriu, por um breve instante, um ar de arrogância e certa satisfação. Mas o momento de triunfo veio e o momento passou.

"Porra, Laura, o Gegê era como se fosse um irmão pra mim, entende?" Risca com força até que o galho se parte. Atira longe o pedaço que ainda tem nas mãos. "Não, tu não entende."

Não pense que eu não sabia que isso um dia ia acabar. É claro que eu tinha certeza de que depois que eu vendesse todas as minhas coisas de valor (que não eram muitas), o meu so-

nho chegaria ao fim. Me livrava de uma coisa por vez, uma venda por mês, aí pegava esse maço de notas e dava direto na mão da Laura. Não ficava com nada. A gente se encontrava de tarde na casa dela. Eu sempre saía de lá suspirando, apaixonado. Mas depois, sozinho no meu quarto, eu ficava triste de novo e caía no choro, porque já começava a sentir saudade. Cara, como eu queria contar tudo pra ti, mesmo que me achasse a pessoa mais idiota da face da Terra. Só que eu não podia me arriscar. Fazia parte do acordo, eu não estava autorizado a contar pra ninguém, muito menos pra ti. Foi por isso, e por mais nada, que eu me afastei, que recusava os convites pra sair, que inventava mil desculpas pra ficar em casa. Não podia dar com a língua nos dentes.

"Guiga, olha bem pra mim." Encara-a pela primeira vez, com certa relutância. "Tu acha que, se eu imaginasse, por um segundo que fosse, o que podia acontecer, eu teria feito isso?"

Ela começa a chorar, e ele não sabe o que fazer: se fica ali parado, se vai embora, se a abraça. Guiga espera, coça a cabeça, olha para os lados, esfrega as mãos uma na outra, tentando se aquecer. Nota que um vendedor de algodão-doce se aproxima, mas, ao ver a cena, afasta-se.

"Foi uma brincadeira boba, coisa de adolescente", continua ela.

Eu dizia pra Laura, o tempo todo, que ia estudar muito, escolher uma carreira que me desse dinheiro. Portanto, ela não precisaria se preocupar com isso. Nada de fazer Letras, de ser escritor, de sonhar com grandes histórias. Acho que podia abrir mão de alguns ideais em troca de um grande amor. E de novo eu te pergunto: quem não faria a mesma coisa no meu lugar, sendo quem eu sou e amando a Laura como eu? Nessas horas, ela me olhava e respondia que a gente não devia pensar naquilo agora. Mas e o tempo que faltava pra eu entrar na faculdade e me formar e depois conseguir um bom trabalho? Não, no fundo eu sabia que ela não ia me esperar. E se nesses anos ela encontrasse um Juvenal Urbino que a tirasse de mim? Ah, que angústia era ficar pensando nisso. A música diz que "a dúvida é o preço da pureza", mas eu prefiro ter certeza e me sujar até a alma. Quem sabe a adolescência não tivesse que existir. Assim, acho que a gente se livrava de precisar fazer um monte de escolhas e amar uma pessoa com tanta força e depois correr o risco de ser rejeitado. É, a adolescência não faria a menor diferença na vida de alguém.

Pensa: "O aniversário dele foi na semana passada. Teria feito dezessete. E eu, ainda com dezesseis, talvez precise de outros dezesseis pra viver o que eles viveram, o que ela já viveu. Quem sabe nem numa vida inteira eu alcance os dezesseis ou dezessete anos da Laura."

"Eu devia ter percebido", fala Guiga enquanto sente um vento gelado e cruza os braços e treme de frio.

"O quê?"

"O que ele ia fazer."

Guiga, dizem que a memória do coração acaba suavizando as lembranças, deixando os sofrimentos do passado bem mais suportáveis com o tempo. Será? Só o que eu sei é que não posso esperar, meu amigo. O que vivi não tem lógica, não tem preço. Me diga, como eu posso voltar a ser o que era depois disso?

Aos poucos, Laura vai parando de chorar. Depois tira um lenço da bolsa a fim de secar o rosto.

"A culpa não é tua, se é isso o que tu quer ouvir", diz ela.

"Eu não quero ouvir nada. Eu só quero o meu amigo de volta." Ele fala agora olhando sempre para o chão. "O Gegê se matou por tua causa."

"Guiga, eu não vim aqui pra brigar."

"Eu só tô falando a verdade."

"Além do mais, ele não se matou."

"Ah, não? E por acaso cruzar a Silva Só a mais de cem por hora no sinal vermelho não é querer se matar? Uma hora ia dar merda."

A minha highway não tem volta. Mas eu escolhi esse cami-

*nho, eu descumpri o pacto: eu usei
a highway "pra causar impacto".*

"Ela não sabe da carta", pensa. "Ela ainda não sabe da carta." Fecha os olhos. Vê de novo a foto da batida, que surgiu dois dias depois do acidente, na Zero Hora, e tem um frio na espinha como se a página do jornal estivesse em sua frente. O carro parecia um inseto esmagado. *Aconteceu à meia-noite, anoiteceu em Porto Alegre, aconteceu em Porto Alegre, aconteceu em Porto Alegre.* Tem vontade de perguntar à Laura se ela também vira a foto, mas segue calado.

"Não tem um dia que eu não me pegue chorando, Guiga."

"É, mas tu tá viva. Tem a vida inteira pra chorar."

Sente na hora que passou da conta. "Por que pegar tão pesado com ela? O que é que eu estou querendo provar?", pensa. "Agora já foi. Foda-se."

"Por que essa revolta toda?", retruca ela indignada. "Se tu quer que eu leve a culpa, se isso vai te deixar melhor, tudo bem então."

Ele faz um esforço enorme para encará-la pela última vez. Treinou o olhar e a fala em frente ao espelho na noite anterior.

"E nós, Laura?"

Ela gruda os olhos bicolores nos dele, põe a mão em seu ombro, levanta-se e responde, dando-lhe as costas.

"Nunca existiu um *nós* sem o Gegê."

Guiga olha na direção da voz e depois mira o céu. Sente naquela hora, como nunca sentiu antes, o peso da ausência do amigo. Em seguida, despedem-se com um "até mais". *Pra se sincero, não espero de você mais do que educação, beijo sem paixão, crime sem castigo, aperto de mãos, apenas bons amigos.*

Ele vai para a direita, em direção à João Pessoa. No entanto, dobra no Monumento ao Expedicionário e segue por dentro do parque. Na altura da Fonte Luminosa, todo o choro represado começa a brotar, a jorrar. As lágrimas escorrem como suor. No espelho d'água, senta-se outra vez e fica ali sentado, novamente com frio, até secar tudo. Canta baixinho, cortado por soluços e suspiros: "*Mas ei, ei, mãe, por*

mais que a gente cresça, há sempre coisas que a gente não pode entender".

Em frente está o Campus Central da Ufrgs. Se tudo der certo, em menos de um ano, estará entrando e saindo daqueles prédios, estudando para se tornar um economista, um administrador ou qualquer outra coisa. Pensa: "Se encontrar algum companheiro de colégio, ainda vamos trocar umas palavras sobre o Gegê. Aí cada um vai olhar pra um lado, não sem constrangimento, e depois mudar de assunto e falar das festas e das namoradas e das aulas e do futebol e do futuro. E o Gegê vai aos poucos caindo no escuro até que um dia vai parecer que ele nem sequer existiu e que nada daquilo aconteceu. Como aquelas ondinhas que têm depois que a gente atira alguma coisa na água e logo vão sumindo. A vida vai seguir o seu curso, porque é assim que as coisas funcionam."

Guiga passa pela Universidade, logo em seguida contorna a Praça Argentina e entra na Salgado Filho. Àquela hora, final de tarde, a avenida está cheia de carros, de lixo, de gente. Nunca gostou de multidão nem de barulho, mas agora quer – precisa – sentir o cheiro de fritura, ouvir a buzina insistente dos carros, ver os anúncios e os letreiros que se sucedem, desviar-se das pessoas que estão paradas à espera dos ônibus. Tudo para não pensar, não lembrar. Entra na Borges e, na Esquina Democrática, pega a esquerda na Rua da Praia. "E se eu acabasse me casando com a Laura?", pensa. "Seria traição ou só mais um golpe do destino?" Apressa o passo: lembrar, esquecer, esquecer, lembrar. *Nós dois temos os mesmos defeitos, sabemos tudo a nosso respeito, somos suspeitos de um crime perfeito, mas crimes perfeitos não deixam suspeitos.* De vez em quando, apalpa o bolso traseiro da calça, onde está a carta de Gegê. "Foi tudo muito planejado. A carta chegou pelo correio três dias depois do acidente. Tudo pra que os pais dele não acabassem abrindo ou deixassem de me dar, tudo pra que eu não pudesse mais fazer nada." Já leu aquelas páginas (na caligrafia sempre caprichada, impecável do amigo) uma centena de vezes e sabe até alguns trechos de cor. Vai sempre reto, em direção ao Gasômetro. Quando Gegê morreu, estava na praia e, depois de vir a Porto Alegre para o enterro, voltou ao litoral e andou de Xangri-lá até Quintão pela orla – dois dias para ir e mais dois para voltar –, levando na mochila uma barraca e uns poucos mantimentos. Sabia que era um jeito de homenagear o amigo. Quando não havia ninguém por perto, falava alto, como se estivesse mesmo conversando com Gegê e, depois que formulava a resposta do outro em sua cabeça, investia de novo com um comentário, uma piada, uma pergunta, uma lembrança. Assim como os amputados que ainda sentem a perna perdida, Guiga podia, sim, sentir a presença do companheiro na imensidão da praia gaúcha. À noite, na barraca, ouvia todas as cinco fitas dos Engenheiros no walkman e, de vez em quando, anunciava, entre uma canção e outra: "E agora, senhoras e senhores, uma música pro meu amigo Gegê: *A revolta dos dândis*, parte um." No retorno, ficou por um tempo em Rainha do Mar, na altura de onde tinham encontrado Laura no verão anterior. Ele não a viu dessa vez.

Sentado às margens do Guaíba, as mãos trêmulas, passa de novo os olhos secos e loucos e apressados pelo texto. Segura a carta com força para que o vento forte da orla não a leve. Vira e desvira as folhas a todo instante, os olhos grudados nas palavras, fazendo um último esforço na luz difusa e mortiça do final de tarde, como um detetive insano à procura de uma pista, um caminho, qualquer tipo de explicação. Por um momento, sente o corpo vibrar, quente, impelido pela crença alucinante de que ele ainda pode salvar Gegê.

Então a vibração, a quentura cessam; Guiga vai lentamente para a última página. E os olhos voltam a ficar úmidos, porque, embora ainda não tenha chegado onde quer, o cérebro sabe o que vai encontrar, já que os olhos estiveram aí muitas e muitas vezes e, antes que ele consiga focar a vista no derradeiro parágrafo da carta, as lágrimas começam a escorrer, e Guiga mira os pés cansados de tanto andar e as luzes da Zona Sul e o céu quase escuro e diz, e lembra:

> *No fim, a Laura chegou e passou como um sonho bom. E o máximo que eu consegui, depois disso, foi escrever essa carta. Não achei forças pra fazer o meu romance. Simplesmente não deu. É preciso admitir que nisso eu também fracassei.*

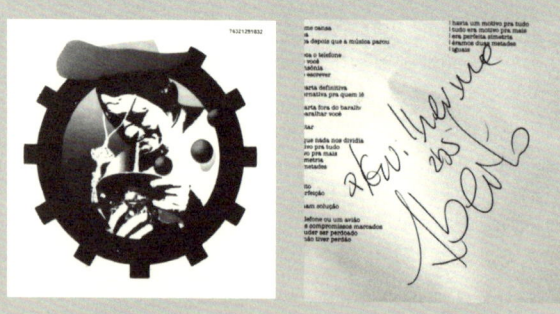

Encarte do cd *O Papa é pop*, autografado por Humberto Gessinger (acervo do autor)

Músicas dos Engenheiros do Hawaii
que estão, de alguma forma, inseridas na história:

Longe demais das capitais (1986)
Longe demais das capitais
Nada a ver
Segurança
Todo mundo é uma ilha

A revolta dos dândis (1987)
A revolta dos dândis I
A revolta dos dândis II
Desde aquele dia
Infinita Highway
Refrão de bolero
Terra de gigantes

Ouça o que eu digo: não ouça ninguém (1988)
Pra entender
Quem diria?
Sob o tapete
Somos quem podemos ser

Alívio imediato (1989)
Alívio imediato

O Papa é pop (1990)
Anoiteceu em Porto Alegre
Ilusão de ótica
Olhos iguais aos seus
Pra ser sincero

Obs.: Todas são de autoria de Humberto Gessinger. *Sob o tapete* e *Pra ser sincero* contaram com a participação de Augusto Licks.

Guilherme Giugliani é jornalista e escritor. Atualmente trabalha no Instituto Brasileiro de Geografia e Estatística. *Nossos sonhos são os mesmos* (Libretos, 2020) é seu segundo livro. A obra de estreia foi *Antes e depois do tempo* (Terceiro Selo, 2015), finalista do Prêmio da Associação Gaúcha de Escritores (categoria Contos, 2016). Também possui textos em diversas antologias. O autor venceu o Concurso de Contos Mario Quintana (Porto Alegre, 2019) e recebeu menção honrosa no Concurso Nacional de Contos Josué Guimarães (Passo Fundo, 2011). Seu conto *Rumo ao Uruguai* foi selecionado e publicado no Prêmio Sesc de Contos Machado de Assis (Brasília, 2012). Guilherme passou alguns períodos fora do Brasil; hoje mora em Porto Alegre e ainda aguarda por um show extra do trio Gessinger, Licks e Maltz.

Referências

Florentino Ariza, Fermina Daza e Juvenal Urbino são personagens do romance de García Márquez, *O amor nos tempos do cólera*. Mesmo casando-se com Juvenal Urbino, Fermina Daza continua sendo o grande amor da vida de Florentino Ariza, que alimenta a esperança de um dia ficar junto dela, o que finalmente consegue após mais de meio século de espera.

Deusa coroada é uma expressão que remete à epígrafe de *O amor nos tempos do cólera*, parte da música do compositor Leandro Díaz: *Vão antecipados estes trechos: já têm sua deusa coroada.*

© 2020, Guilherme Giugliani

Direitos da edição reservados à Libretos.
Permitida reprodução somente se referida a fonte.

Edição e design gráfico
Clô Barcellos

Capa
Vinhetas: releituras das engrenagens
(Refs.: *A revolta dos dândis*, *Ouça o que eu digo: não ouça ninguém* e *Alívio imediato*)
Sílvia Guimaraens e Clô Barcellos

Fotos
Roberto Giugliani

Revisão
Maria Rita Quintella

Grafia segue Acordo Ortográfico da Língua Portuguesa de 1990, adotado no Brasil em 2009.

Dados Internacionais de Catalogação na Publicação:
Bibliotecária Daiane Schramm – CRB-10/1881

G537n	Giugliani, Guilherme
	Nossos sonhos são os mesmos. / Guilherme Giugliani. – Porto Alegre: Libretos, 2020.
	80p., 13x19.: il.
	ISBN 978-65-86264-20-3
	1. Literatura brasileira. 2. Narrativa literária. 3. Juventude. 4. Música. I. Título.
	CDD 869

Libretos
Rua Peri Machado, 222/B 707
Bairro Menino Deus, Porto Alegre
90130-130

www.libretos.com.br
libretos@libretos.com.br
face e insta: @libretoseditora

NOSSOS SONHOS SÃO OS MESMOS

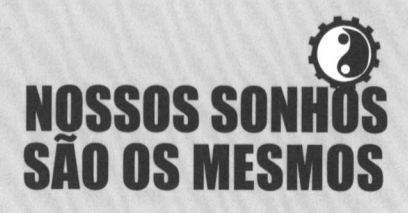

Guilherme Giugliani

Libr**etos**

Livro com 84 páginas, composto em
Bookman Old Style e Impact, impresso
sobre papel off white 90 gramas, em
setembro de 2020 pela Gráfica Pallotti de
Santa Maria/RS.